Juan Valera

Don Lorenzo Tostado

Barcelona 2024
Linkgua-ediciones.com

Créditos

Título original: Don Lorenzo Tostado.

© 2024, Red ediciones S.L.

e-mail: info@Linkgua-ediciones.com

Diseño de cubierta: Michel Mallard.

ISBN rústica ilustrada: 978-84-9816-316-2.
ISBN ebook: 978-84-9897-940-4.

Sumario

Créditos   4

Brevísima presentación   7
     La vida   7

Don Lorenzo Tostado   9
     I   9
     II   10
     III   13
     IV   15
     V   17
     VI   18

Libros a la carta   23

Brevísima presentación

La vida
Juan Valera (18 de octubre de 1824, Cabra). España.
Era hijo de José Valera y Viaña, oficial de la Marina, y de
Dolores Alcalá-Galiano y Pareja, marquesa de la Paniega.
Tuvo dos hermanas, Sofía y Ramona y un hermanastro: José
Freuller y Alcalá-Galiano.

Su padre vivió de joven en Calcuta y adoptó posiciones
liberales. Por ello fue removido de su puesto. Tras la muerte
de Fernando VII en 1834, el nuevo gobierno liberal fue re-
habilitado y se le nombró comandante de armas de Cabra y
después gobernador de Córdoba.

La madre se opuso a que Juan Valera siguiera la carrera
militar. Este estudió Lengua y Filosofía en el seminario de
Málaga entre 1837 y 1840 y en el colegio Sacromonte de
Granada, en 1841. Luego estudió Filosofía y Derecho en la
Universidad de Granada, donde se graduó en 1846.

En 1844 publicó primer libro de poemas. Leyó mucha
poesía, y en particular a José de Espronceda, y a los clásicos
latinos: Catulo, Propercio y Horacio. Hacia 1847 empezó a
ejercer la carrera diplomática en Nápoles junto al embaja-
dor Ángel de Saavedra, duque de Rivas. Vuelto a Madrid,
frecuentó las tertulias y los círculos diplomáticos a fin de
conseguir un puesto como funcionario del Estado.

Así viajó por Europa y América. En Lisboa empezó su
amor por la cultura portuguesa y el iberismo político. De
regreso a España, empezó a escribir y publicar ensayos en
1853 en la *Revista Española de Ambos Mundos*; en 1854
fracasó en un intento de ser diputado, y por entonces estuvo

en los consulados de España en Frankfurt y Dresde con el cargo de secretario de embajada.

Hacia 1857 se fue seis meses con el duque de Osuna a San Petersburgo; polemizó con Emilio Castelar en *La Discusión*, y escribió su ensayo *De la doctrina del progreso con relación a la doctrina cristiana*. Asimismo, tras ser elegido diputado por Archidona en 1858, escribió en numerosas revistas como redactor, colaborador o director.

El 5 de diciembre de 1867 se casó en París con Dolores Delavat, veinte años más joven y natural de Río de Janeiro, y tuvo tres hijos: Carlos Valera, Luis Valera y Carmen Valera, nacidos en 1869, 1870 y 1872.

Durante la Revolución española de 1868 fue un cronista de los hechos y escribió los artículos «De la revolución y la libertad religiosa» y «Sobre el concepto que hoy se forma de España».

Juan Valera fue elegido senador por Córdoba en 1872 y en ese mismo año fue director general de Instrucción pública; en 1874 publicó su obra más célebre, *Pepita Jiménez* y, en esa época, conoció a Marcelino Menéndez Pelayo, con quien hizo gran amistad.

En 1895 perdió casi por completo la vista, se jubiló y volvió a Madrid; allí publicó *Juanita la Larga* (1895), y *Morsamor* (1899); frecuentó diversas tertulias y tuvo una en su propia casa.

Valera fue elegido miembro de la Academia de Ciencias Morales y Políticas en 1904. Murió en Madrid el 18 de abril de 1905 y fue enterrado en la sacramental de San Justo.

Sus restos fueron exhumados en 1975 y llevados al cementerio de Cabra.

Don Lorenzo Tostado

Dos veces a la semana, jueves y domingos, abría sus salones el señor don Lorenzo Tostado y tenía tertulia en su magnífica casa de cierto lugar de la provincia de Córdoba, cuyo verdadero nombre me conviene encubrir, llamándole Villaverde. Las personas más pudientes y encopetadas acudían allí a solazarse. Había dos y hasta tres mesas de tresillo, billar y periódicos para los hombres más políticos, graves y maduros. Las viejas solían entretenerse jugando a la lotería. Y la gente joven, caballeretes y señoritas, ya hacían juegos de prendas, ya bailaban, y siempre charlaban, reían y se divertían. Ni faltaba, en ocasiones, quien cantase al piano algo serio y difícil de óperas italianas, ni quien, rasgueando y punteando magistralmente la guitarra, entonase la caña, las malagueñas, la jota o cantares nuevos tomados de las más aplaudidas zarzuelas.

Aquella amena tertulia adquirió fama de muy proveedora de noviazgos y hasta de fecunda en casamientos, que allí germinaban y al cabo venían a concertarse.

Los otros cinco días de la semana no quería don Lorenzo ver a nadie. Los consagraba a la soledad, a la meditación y al estudio. La soledad de don Lorenzo era, no obstante, muy agradable, porque guardaba en ella, para que la alegrase, iluminase y beatificase, a su ahijada Lolita, quien, por su despejo, discreción y hermosura, era la joya del lugar y objeto de la envidia de cuantas mocitas solteras vivían en él y en otras poblaciones de diez o doce leguas a la redonda. Lolita, aunque era modesta y recatada, en cuantas ferias y romerías se había mostrado, acompañando a su padrino, se había llevado la palma y había eclipsado a todas las mujeres.

No por eso se engreía ella. Quien verdaderamente se engreía, se esponjaba y se entusiasmaba con tales triunfos era don Lorenzo, su padrino.

No debemos dar oídos a chismes y hablillas del lugar. Solo debemos decir y afirmar lo que está probado. La linda Lola, que tendría a la sazón dieciocho años, era huérfana de padre y madre y se había criado en casa de don Lorenzo, viejo solterón, de unos setenta, y que la había sacado de pila. Lola había llegado a ser en aquella casa como la señora de todo.

Don Lorenzo era un potentado. Con asombro hablaban sus compatricios de la mucha hacienda que él poseía, ponderando lo muy rico que era, como caso rarísimo en aquellos lugares. Sin exageración alguna se estimaba el caudal de don Lorenzo en más de tres millones de pesetas.

¿Heredaría o no heredaría Lola tan cuantiosos bienes? Pregunta era ésta que todo el mundo hacía, pero nadie acertaba a responder.

II

Don Lorenzo había tenido la desgracia o la fortuna, según cada cual quiera entenderlo, de nacer como un hongo o más misteriosamente aún, porque ignoraba de quién había nacido, y aunque él suponía que era natural de Villaverde, porque el registro de la parroquia daba fe de su bautismo, bien pudo ser que le trajesen a bautizar de alguna alquería o de algún lugar cercano. Le dieron por nombre Lorenzo porque le bautizaron el día de San Lorenzo. En cuanto al apellido de Tostado, le adquirió mucho más tarde, porque, como anduviese de chicuelo por las calles y por las huertas, hazas y olivares de la cercanía, siempre a la intemperie y tan ligero de ropa que iba casi desnudo, se le tostó mucho la piel, y de esta suerte, no un mortal cualquiera, sino el refulgente Sol, con sus brillantes y fecundos rayos, se encargó de darle el apellido que le faltaba.

Listo y travieso, Lorencillo cayó en gracia al conde de Barcos, que pasaba muchos meses en su casa solariega de aquel lugar, donde poseía extensos y fértiles predios.

Lorencillo entró de pinche en la cocina del conde. Y fijó tanto la atención y mostró tan raras y felices disposiciones para el arte que en aquella oficina se ejercitaba, que apenas le apuntaba el bozo cuando ya era un excelente cocinero.

Después de la muerte del conde su protector, el nuevo conde, su hijo, peritísimo en todas las artes del deleite, a pesar de la inusitada singularidad y, caso raro y teratológico de que en la provincia de Córdoba aparezca en nuestros días un buen cocinero, reconoció que Lorenzo lo era, y se lo llevó a Madrid de jefe de su cocina.

Si el conde era espléndido y fastuoso, su mujer, perteneciente por su familia a lo más egregio de la corte, le echaba la zancadilla en esplendidez, en fausto y en todo. Los trajes que ella lucía y los bailes y banquetes que daban, eran la quintaesencia del más primoroso y exquisito refinamiento, prestando a los cronistas de la *high life* vastísimo campo por donde correr, dilatarse y hasta volar en alas de su pujante ingenio encomiástico y descriptivo.

Poco venturoso resultado tuvo tanta gloria. La gloria siguió creciendo; pero las rentas mermaron. No pudiendo ya hacer el principal papel, los condes, como recurso económico, levantaron la casa de Madrid y se vinieron a Villaverde a pasar una larga temporada. Pero la condesa gustaba poco de los placeres campesinos; se aburría, rabiaba y se desesperaba. En cuanto al conde, no estaba en Villaverde más complacido.

Para sustraerse al idilio forzoso que tanto les desagradaba, tomaron, al cabo, la resolución de irse del lugar. Y, como era imposible vivir y figurar en Madrid con el boato y esplendor de antes, se fueron a tierra extranjera, viviendo en París con relativa modestia y tomando aquel corazón y cerebro del mundo por centro de sus excursiones.

Para viajar sin estorbos ni cuidados pusieron en un colegio de padres jesuita, al señorito don Andrés, de edad ya de diez años, y único hijo que habían tenido.

Entretanto, Lorenzo era ya don Lorenzo, y no era ya cocinero. Como trofeo y en algo a modo de panoplia, había colocado y suspendido en la pared los instrumentos de su arte, entre una guirnalda de laureles; había comprado algunas finquillas, y había mostrado y siguió mostrando las mismas o mayores aptitudes, capacidad e inspiración que para la cocina, para el comercio y la agricultura.

Ora sea solo por esto, ora sea también porque la suerte le fue propicia, don Lorenzo prosperó maravillosamente y llegó a ser, en pocos años, uno de los más ricos capitalistas de Andalucía.

El conde y la condesa de Barcos tomaron de él no poco dinero prestado, para sus angustias, apuros, hipotecándole las mejores fincas, que al cabo vinieron a ser de don Lorenzo. No paró aquí la desventura de los condes. Él murió trágicamente en un desafío, y ella, sola en país extraño, con poquísimo dinero, ajada ya y marchita su hermosura por la vejez que apresuradamente vino sobre ella, murió también, a poco, quedando así don Andrés huérfano de padre y madre, con pocas rentas, con un título que no quiso dejar de sacar y con una educación esmeradísima, si bien no ordenada y encaminada a ningún fin práctico y material y económicamente provechoso.

Veintitrés años tendría don Andrés, o mejor diremos el nuevo conde de Barcos, cuando vino a tomar posesión de los restos de la hacienda que de su padre había heredado.

El pilluelo expósito, pinche de la cocina de su abuelo y hábil cocinero de su padre, era ya el principal de sus acreedores, el poseedor de las mejores fincas de su condado y el verdadero señor y cacique de la villa donde el condesito conservaba aún su antigua casa solariega, con hermosas columnas de jaspe rojo en la fachada principal, corintias a ambos lados de la puerta y jónicas en el balcón del centro, sobre cuyo amplio vano resplandecían el escudo de armas, con barras, calderas, leones y grifos, y sobre todo, barcos con una escuadra de barcos, de los que, sin duda, el título del conde procedía.

III

Acontece a menudo lo contrario de lo que vulgarmente se cree: los hijos, en vez de heredar los vicios y pasiones de sus padres, prueban el amargo fruto de tales pasiones y vicios, escarmientan en ellos y cultivan las virtudes que les son opuestas. De aquí que no pocas hijas de damas galantes sean celebradísimas, con razón, por su honradez casta y austera, y no pocos herederos de gente pródiga y manirrota se distinguen por su arreglo, economía y aplicación juiciosa para el cuidado de la propia hacienda. En este número nos complacemos en contar al flamante conde de Barcos, a quien, como si fuera nuestro íntimo amigo, nos atrevemos a tratar a veces con familiaridad, llamándole a secas Andrés y hasta Andresito.

Pagadas las deudas que su padre y su madre le habían dejado, después de hacer como hizo, liquidación y arreglo de todo, Andresito halló que solo le quedaban la casa solariega, que no quería vender y un caudalejo cuyo producto, por término medio, se podía estimar en cuatro mil pesetas anuales. Echó, luego, sus cuentas, reflexionó detenidamente sobre su situación, midió, pesó y apreció, acaso con severidad, los medios de que disponía para abrirse camino en la corte y recobrar decentemente la alta posición de que habían gozado sus ilustres predecesores, y dedujo de todo ello las siguientes melancólicas sentencias: que con el título de conde y con solo cuatro mil pesetas al año, pasaría en Madrid vida muy angustiosa y aperreada, y haría un papel harto poco airoso; que no siendo licenciado en ninguna Facultad, ni bachiller siquiera, solo podía pretender emplearlos de seis mil reales, rivalizando con los sargentos y exponiéndose, aunque alcanzase la mezquina ayuda de costas de tan pobre empleo, a que la gente se burlara de él por lo mal que se avendría el don con el Tiruleque, y, por último, que a pesar de lo mucho que él cavilaba, rastreaba e inquiría, lo que es el atajo, el camino derecho para encumbrarse pronto, o no estaba trazado para él, o permanecía oculto o estaba lleno de peligros y con tantos baches y tropiezos, que se exponía a dar en él de hocicos y a cubrirse de lodo.

En suma, Andresito era tan tímido y escrupuloso, que no se atrevió a volver a Madrid para buscar fortuna y hallar solo trabajos y desilusiones. Se quedó, pues, en Villaverde, de cuyo ruedo y término hacía dos años que no salía y donde sus únicas diversiones diurnas eran la lectura y la caza, y su único esparcimiento por la noche la tertulia de don Lorenzo Tostado.

IV

Una noche de aquellas en que don Lorenzo no recibía después del toque de animas, el conde de Barcos pidió y obtuvo permiso para interrumpir la soledad, las meditaciones y los soliloquios de don Lorenzo y hacerle una visita por extraordinario y sin que valiera como precedente. Para nadie quería el conde establecerle y menos aún para él, porque su visita era de despedida.

En los dos años que había vivido retirado en el lugar con extraordinaria economía, había ahorrado cerca de siete mil pesetas. Hallándose con esta suma, sintió renacer sus esperanzas ambiciosas, desechó de repente su plan de seguir viviendo en el retiro, y resolvió ir a Madrid en busca de mejor suerte.

En vísperas de su partida venía a despedirse de don Lorenzo y de su ahijada Lola.

Era uno de los primeros días del mes de enero de 1897. El tiempo estaba frío y lluvioso; pero en la sala que don Lorenzo estaba de diario era muy agradable la temperatura. Leña de olivo y pasta de orujo ardían en la chimenea levantando alegre llama, y don Lorenzo, sentado en un sillón de brazos, al amor de la lumbre, meditaba tan profundamente, que cerraba los ojos. Lola, algo separada del fuego, y al lado de un velador, sobre el cual había una lámpara, bordaba con primor un escapulario que pensaba hacer bendecir y regalar a su padrino.

La visita del conde, turbando aquella intimidad, fue algo embarazosa al principio; pero don Lorenzo quitó al conde la cortedad, recibiéndole con mucho afecto, hablando por él y por Lola al principio, y cuando éstos se animaron y tomaron parte en la conversación, quedóse absorto en sus meditaciones y como transpuesto o dormido.

Sin reflexionarlo, y como por instinto, siguieron la conversación en voz baja los dos jóvenes interlocutores.

—No me explico —dijo ella— este cambio tan súbito e imprevisto. Hace dos días afirmaba usted aún que no pensaba salir nunca de este lugar, donde era su propósito pasar tranquilamente la vida entera, sin pretender ni ambicionar nada. ¿Por qué nos abandona usted y se nos va a Madrid?

—Tengo para ello muy poderosas razones —contestó el conde—. No es solo la ambición quien me mueve.

—¿Cuál es entonces el oculto motivo que tiene usted para dejarnos? —replicó Lola.

—No puedo ni debo decirlo. Crea usted, sin embargo, que me voy muy a pesar mío; que aquí vivía yo dichoso; todo lo dichoso al menos que puedo yo ser dado mi carácter y las circunstancias en que me hallo.

—Me enoja —interpuso ella— que me hable usted con tanto misterio. Sea usted franco: en Villaverde se aburre usted y se va a Madrid, no solo en busca de mejor fortuna, sino ansioso también de diversiones y de... amoríos.

Al pronunciar estas últimas palabras, la voz temblaba algo a Lola, y el conde creyó ver que se le humedecían los ojos.

El conde se acercó más a ella, y le dijo con cierta vehemencia y en voz baja:

—Todas las diversiones de Madrid las daría yo con gusto por algunos momentos pasados junto a usted, y todos los amoríos de que en Madrid pudiera gozar, por obtener aquí de usted estimación y cariño.

Dulcemente conmovida oyó Lola aquellas frases, y, sin poderlo evitar, importunas lágrimas delataron su emoción, brotando de sus ojos y cayendo sobre el bordado, aunque apresuradamente acudió a interceptarlas y recogerlas en su pañuelo. Quién sabe hasta qué punto se hubieran avivado entonces el diálogo y se hubieran aclarado las explicaciones, si el sueño de don Lorenzo no se hubiese interrumpido de pronto. Don Lorenzo se puso en pie y dijo:

—¡Voto a sanes! ¿Qué pensará usted de mí, señor conde? Que soy un viejo chocho, decrépito, que me duermo como una marmota.

—Yo no pienso —contestó el conde— sino en que es muy tarde y en que debo ya retirarme. Sé que usted madruga mucho, que se levanta con el alba, y no extraño que a estas horas, cerca de las diez, tenga usted ganas de dormir.

—No es que tengo ganas, sino que me duermo; pero no gusto de irme a la cama sin cenar. Con franqueza, señor conde, quédese usted a cenar con nosotros. Yo espero que no tenga usted que decir ni que pensar que es fundado el refrán que dice: En casa del herrero, asador de palo. Aunque yo me jubilé hace años, mi criada Ramona, bajo mi dirección, y siguiendo mis consejos, saca refrán por mentiroso. Quédese usted a cenar para que de ello se convenza.

A pesar de tan franco convite, el conde no se atrevió a aceptar. Se juzgó en una posición difícil, y, turbado y confuso, balbuceó mil excusas, se despidió de nuevo para Madrid y se fue a la calle.

Al día siguiente, muy de mañana, salió el conde para Madrid en el tren del ferrocarril que pasa por Villaverde.

V

Comido, alumbrado y alojado, se hallaba nuestro conde por cuatro pesetas diarias en una modesta, aunque aseada, casa de huéspedes, en una de las mejores calles de Madrid. Allí cavilaba mucho para descubrir el medio decente de adquirir posición y dinero. Por desgracia, no daba con este modo. Poco a poco iba gastando lo que en el lugar había ahorrado. Y aunque hacía visitas y no tenía mala traza, y andaba limpio y no muy mal vestido, la gente reparaba poco en él, y, si reparaba, era, ya para calificarle de buen muchacho, con piadosa indulgencia, ya para tildarle de cursi, con aspereza burlona.

Harto a las claras notaba el conde su mal éxito, y cada día se iban haciendo más leves y vagas sus esperanzas, amenazando disiparse por completo. El conde, sin embargo, se aferraba en seguir en Madrid y por nada del mundo quería volver a Villaverde, donde, como hemos visto, era estimado y, al parecer, amado de una muy linda muchacha, la cual era probable, cuando no seguro, que llegaría a ser una muy rica heredera.

Lola estaba enamorada del conde, y, en su cándida sencillez aldeana, no acertaba a disimularlo.

La conversación más significativa que entre el conde y Lola había habido, es la que tuvieron al despedirse, de la que ya hemos dado cuenta. Nada de formal declaración amorosa por parte del conde. Cuanto dijo a Lola hubiera podido interpretarse como mera galantería. De todos modos, era evidente que Lola le parecía muy bien, y que, no solo por esto, sino por conveniencia y por cálculo, le convenía enamorar a Lola. ¿Por qué, pues, se había ido el conde a Madrid y había dejado a Lola abandonada?

VI

Don Lorenzo Tostado era uno de los más raros ejemplos de los hombres que todo se lo deben a sí mismos, incluso la educación. Él acaso podía muy bien haber mucho a la elevación de don Lorenzo desde el fango del arroyo y desde la miseria en que había nacido al encumbramiento en que se hallaba; pero el acaso entraba por poco, y la voluntad enérgica y perseverante merecía solo aplauso y aparecía como única causa cuando se advertía cómo desde la ignorancia más crasa y rompiendo el mezquino círculo de ideas vulgares y de sentimientos ruines en que la desvalida pobreza suele encerrar a los hombres, don Lorenzo había sabido poco a poco elevarse a las luminosas esferas. En los libros de cocina había empezado a aprender cosas útiles y prácticas, y de grado en grado después había ido aprendiendo nobles y hermosas teorías y penetrando con el entendimiento curioso en los velados y altos misterios de la ciencia humana. Desde el arte de guisar había saltado don Lorenzo al estudio de la química, que es su fundamento, y también al estudio de cuanto se guisa o puede guisarse, lanzándose así en la zoología y en la botánica, y por este camino en la contemplación racional de todo el universo visible en su conjunto armonioso. Quiso luego don Lorenzo explicarse el encadenamiento, orden, origen y fin de los seres que había estudiado, y llegó a meditar sobre sus causas primeras. Meditó asimismo sobre la propia meditación, a fin de calcular y de medir las fuerzas que él tenía para llegar a la certidumbre en algo y para demostrarse la identidad de las cosas mismas con el concepto que él tenía de las cosas. En suma, don Lorenzo pasó así, pausada y solemnemente, de pinche a cocinero y de cocinero a muy valiente filósofo y a persona muy ilustrada.

Conservaba bien la vista y compraba y leía multitud de libres sobre todas las materias. De él podía decirse como del don Policarpo de la leyenda de Mora:

«Que de la descripción de un raro anfibio pasa a las estrategias de Polibio.»
y hasta que avanzando más aspiraba a comprender
A Espinosa, que dice en gruesos tomos:
Yo soy Dios, tú eres Dios, todos lo somos.

Claro está que don Lorenzo no se encumbraba a todas horas a las alturas metafísicas. Lo fenomenal y contingente seguía interesándole de continuo, y él fijaba su atención en la realidad circundante, si bien iluminándola con los esplendores que de su especulación filosófica habían nacido y que él, si se me permite la comparación, traía en la frente cuando descendía de lo contemplativo a lo activo, como aquellas dos rayas de luz que fulguraban en la cabeza de Moisés cuando bajó del Sinaí con las tablas.

Del saber adquirido por don Lorenzo, brotaron muy recomendables virtudes y muy elevados sentimientos. Su alma se llenó de amor a la patria. Leyó su historia y le entusiasmó. Y si su amor por la patria grande era fervoroso, no por eso dejaba de sobreponerse a este amor el amor de la patria chica. El regionalismo está de moda, y don Lorenzo no era ni quería ser, en punto alguno, un hombre demodado. De aquí que admirase sobre todo las glorias cordobesas y que soñase y cavilase en los medios de conservarlas y aun de acrecentarlas. Mucho podía valerle su dinero para esto, y en esto pensaba y proyectaba emplear generosamente su fortuna. Tenía mil planes; pero los unos tropezaban contra los otros, al ir a salir de su cabeza, y no salían bien ordenados y trazados, ni llegaban a realizarse. Él estaba, además, harto viejo y decadente de salud para realizarlos por sí y los dejaba todos para después de su muerte, consignándolos en su testamento.

De lo que él hablaba con amigos y conocidos, poco podía inferirse. Solo se daba por cierto en el lugar que don Lorenzo se limitaría a dejar a Lola un pequeño capital, que viniese a producir a lo más doce mil pesetas anuales, y que todo el resto de sus cuantiosos bienes serían consagrados y destinados a la realización de sus proyectos. Pero como tenía tantos y hablaba de tantos, nadie sabía de cierto cuáles eran los preferidos o si lo eran todos hasta donde el dinero alcanzase.

Don Lorenzo proyectaba cada día algo nuevo, casi siempre para honra y provecho de su región, la provincia de Córdoba.

Fin

Libros a la carta

A la carta es un servicio especializado para
empresas,
librerías,
bibliotecas,
editoriales
y centros de enseñanza;
y permite confeccionar libros que, por su formato y concepción, sirven a los propósitos más específicos de estas instituciones.

Las empresas nos encargan ediciones personalizadas para marketing editorial o para regalos institucionales. Y los interesados solicitan, a título personal, ediciones antiguas, o no disponibles en el mercado; y las acompañan con notas y comentarios críticos.

Las ediciones tienen como apoyo un libro de estilo con todo tipo de referencias sobre los criterios de tratamiento tipográfico aplicados a nuestros libros que puede ser consultado en Linkgua-ediciones.com.

Linkgua edita por encargo diferentes versiones de una misma obra con distintos tratamientos ortotipográficos (actualizaciones de carácter divulgativo de un clásico, o versiones estrictamente fieles a la edición original de referencia).

Este servicio de ediciones a la carta le permitirá, si usted se dedica a la enseñanza, tener una forma de hacer pública su interpretación de un texto y, sobre una versión digitalizada «base», usted podrá introducir interpretaciones del texto fuente. Es un tópico que los profesores denuncien en clase los desmanes de una edición, o vayan comentando errores de interpretación de un texto y esta es una solución útil a esa necesidad del mundo académico.

Asimismo publicamos de manera sistemática, en un mismo catálogo, tesis doctorales y actas de congresos académicos, que son distribuidas a través de nuestra Web.

El servicio de «libros a la carta» funciona de dos formas.

1. Tenemos un fondo de libros digitalizados que usted puede personalizar en tiradas de al menos cinco ejemplares. Estas personalizaciones pueden ser de todo tipo: añadir notas de clase para uso de un grupo de estudiantes, introducir logos corporativos para uso con fines de marketing empresarial, etc. etc.

2. Buscamos libros descatalogados de otras editoriales y los reeditamos en tiradas cortas a petición de un cliente.